人生总要写首像样的诗

第四届全球华语大学生短诗大赛组委会 编

廖文静 主编

人民日报出版社

北京

图书在版编目（CIP）数据

人生总要写首像样的诗 / 第四届全球华语大学生短诗大赛组委会编；廖文静主编. —北京：人民日报出版社，2020.6
ISBN 978-7-5115-6424-5

Ⅰ.①人… Ⅱ.①第…②廖… Ⅲ.①诗集－中国－当代 Ⅳ.①I227

中国版本图书馆CIP数据核字（2020）第097605号

书　　名：人生总要写首像样的诗
RENSHENG ZONGYAO XIESHOU XIANGYANG DE SHI
作　　者：第四届全球华语大学生短诗大赛组委会　廖文静

出 版 人：刘华新
责任编辑：张炜煜　贾若莹
装帧设计：李尘工作室
插画绘制：张馨月

出版发行：人民日报出版社
社　　址：北京金台西路2号
邮政编码：100733
发行热线：（010）65369527　65369846　65369509　65369510
邮购热线：（010）65369530　65363527
编辑热线：（010）65369509　65369514
网　　址：www.peopledailypress.com
经　　销：新华书店
印　　刷：大厂回族自治县彩虹印刷有限公司
法律顾问：北京科宇律师事务所　（010）83622312

开　　本：880mm×1230mm　1/32
字　　数：140千字
印　　张：7.5
版　　次：2020年6月第1版
印　　次：2020年6月第1次印刷

书　　号：ISBN 978-7-5115-6424-5
定　　价：45.00元

序 言

人生总要写首像样的诗，不是为了向世界炫耀，而是记录真实存在过的迷人瞬间。

2019 年 4 月 9 日，在教育部思政司、中国作家协会《诗刊》社、中国诗歌学会、中华诗词学会以及中国青少年新媒体协会的联合指导下，由上海交通大学主办，上海交通大学博闻研微网络文化工作室承办的全球华语大学生短诗大赛第四季正式启动，我们旨在用大赛的方式，与年轻诗人们诗意重连。

53 天的征稿期内，共 26561 首参赛诗歌陆陆续续从世界各地来到我们面前，经过海选、初评、复评、终评等层层遴选，最终产生了 88 首获奖作品。我们精选优秀作品收录于此书，并邀请插画系在读学生精心绘制插图，播音系在读学生作声情并茂的配乐诗朗诵，立体化展示华语诗词之美。

自2014年首届短诗大赛开始，大赛平台累计收到逾8万首参赛诗歌，诞生了逾300位年轻获奖诗人。我们有幸见证了当代大学生诗歌创作的热情，也看到了未来诗歌的某种可能性。一颗颗种子已经种下了，只等时间给出解答，看会发出怎样的芽、开出怎样的花。

“人无往不在窠臼中，而诗使人逸出。”当你打开这本诗集，我们想邀请你一起领略朝荷新露般跳动的诗心，在诗歌徜徉中体会独属自己的诗意人生。

上海交通大学博闻研微大学生网络文化工作室负责人

廖文静

目录

新诗篇

新诗篇

新诗篇

旧体诗

旧体诗

年度诗人

年度诗人

新诗篇

XIN SHI PIAN

橘　子

高鹤鸣　国防科技大学

我是春天里出生的绿皮野兽

在秋夜里悄悄吞下十瓣月亮

评|委|点|评

以橘子的口吻自述。绿皮，是橘子的外表，十瓣月亮是橘子的内瓤，时间跨度从春到秋，是橘子成熟的过程。本是植物的橘子，以兽自居，又何尝不可。动植物本是人类的规定，并未获得它们的认可。作者有一颗童心和叛逆心，有调皮和饱满的想象力，短短两行，刷新了陈旧的一个词、一个物——“橘子”，以后我看到橘子，就会喊它——绿皮野兽。

——作家网编辑、诗人、作家　安琪

这首诗的独特之处，在于它对惯常的意象和逻辑的快速反转。类型方面，看题目，我们以为它会向“咏物诗”方向发展，但它迅速以果断的语气转入独白体的戏剧高调。在审美张力方面，诗人巧妙地借用了植物和动物之间的角色转换所可能引发的奇异感受，将温柔可爱的植物“橘子”表白成一头“绿色野兽”。这逻辑的背后，是静态的果实对人们习惯性认知的一种反抗，它犹如一种训诫：请不要被表象误导，而要从表面的观感中汲取新的意识的突破。“十瓣月亮”的意象也很出人意料。那个动词“吞下”也用得准确有力，它几乎是重演了人们在吃掉橘子时所忽略的一个场面。

——诗人、北京大学中文系教授　臧棣

天马即景

黄雨陶　中南大学

我们从电影院起身，退场，在高悬的
幕布上一闪而过，那些影像不安地
晃动 我们晦暗的湖面，一些很深
很深的波纹便显露了出来。看，街道中央
幽灵在路灯下游泳，他们的短暂
多么快乐，可以用二十岁的眼睛接吻
可以轻易地如交换云朵般 交换欲望
他们说：潮湿的词语，像是记忆
他们在柏树与桦树之间渐渐隐身

春天的夜晚，人群把我吐出
是的，我将写一封无用的信
我是在纸面上溺水的那一个

电影院

评|委|点|评

这是一首由实而虚的作品。即景，意味着作者采取的是印象式的勾勒和想象，第一段可能来自一个真实的场景。抒情，主人公看完一场电影并退场，但脑海里依然留存先前影像所烙刻的痕迹，其中一些如诗的画面被引出，与现实的场景构成对照。诗的第二段是“绾合”，塑造了一个孤独中写作的形象，“溺水”于纸面，但也由此获得了拯救。

——诗人、翻译家、评论家　汪剑钊

记一只死去的小鸟

潘𬍤　重庆大学

三月的星期天
小区的清洁工人埋葬了一只鸟
于是花坛里，就多了一只鸟

鸟旁边有许多花
它们都伸长了脖子
为它打听，天空的事情

评委点评

伤感的题目下，写的却是满含童趣的重生。万物有灵，万物有逝去和未来。鸟的周遭，不止一朵花，它的挽歌，是与充满想象和漫无边际的天空的对话。

——诗人　木汀

这是一首很质朴的诗，语言并不华丽，也正是因此，放在许多其他繁复雕琢但未必准确可感的作品中间，就显得格外疏朗、别致。一只死去的鸟被埋在花坛的泥土里，其实是飞翔本身被埋葬，被放在了错误的位置上。但是，飞翔的欲望并不会因此而消失，错误的位置也能引发善的伦理。如果说飞翔构成了这首诗中最高的善，那么花朵为死去的鸟“打听天空的事情”则构成了围绕最高的善而来的伦理学。对人类来说，飞翔永远是不可能的，就像最高的善也永远是一种目的，而非抵达；但人与人之间可以围绕这个目的发生关联，这其实比飞翔本身更为动人，正如“打听”这一动作比“天空”这一目的本身更为动人。从这个意义上讲，这首诗是个绝好的寓言。

——中国人民大学博士研究生　李海鹏

艺术的魅力在于想象。一只死鸟是没有诗意的，有了想象就不同。想象不是天马行空，那是妄人的梦呓，支离破碎，并不能动人。“假如……那么……”是一种咒语。花如好奇，会向这个新邻居问什么？自然是天空的事情。鸟与天空是转喻关系，长茎的花朵和伸长脖子好奇的人是隐喻关系，笔者娴熟地调动这两种基本叙事模式，营造了一个奇异世界。而这个奇异世界有这一个稳定的现实根基——清洁工在花坛里埋葬了一只鸟。奇异得有根基。

——《人民日报》社会版主编　李智勇

写给母亲

康承佳　武汉大学

妈妈，喊你的时候，武汉已经秋天
本质上而言，季节只是时间和界限
与我们无关

妈妈，长久以来
生活变成了一件勇敢的事情
但我并没能因此变得勇敢一些
无路可走的时候
我总是在深夜想起小时候的村庄

妈妈，我的脐带连着你当年的疼痛
而我醒着，借新的疼痛盖住老的一重

妈妈，“流年并无新意
经年只有旧梦”。我多想回去
从武汉到重庆，从故土到子宫

酒深处

何瑶兰　贵州民族大学

空山抖落月光。多么好啊

野玫瑰荡漾群星

我的母亲，她还在

翠绿的人间

炸花生米

评委点评

《酒深处》是一首语言简劲、跳脱，充满禅机的好诗。第一行“抖落”一词用得生动。前两行诗，写空山的清幽高逸，作者将自己灵动活泼的心，“荡漾”在无限的时空中。第三行，突然在清幽中（人在清幽的空山难免会唤起内心的孤独感，思乡之情油然而生）想起“我的母亲”，把画面猛地拉到了人间（由眼前的翠绿过渡到现实生活，这时候人间也是翠绿的），而“我的母亲”正在“炸花生米”——哦，这是多么生活化、多么亲切的一个日常情景。“母亲”既有可能是实存的，也有可能是追忆中的形象，如果是后者，诗中还隐藏着一种缅怀，一种“酒深”之后的痛，但作者把这些情绪全部省略掉了，留给读者去想象，因而更含蓄更有意味。全诗只有五行，没有一个字写到“饮酒”，但结尾的“炸花生米”恰与诗题形成呼应，匠心独运。由空山独饮的孤寂，回想起与家人团聚的温暖，两相对比，令人百感交集。

——诗人　梁雪波

所　见

熊芙蓉　河北地质大学

一位妇女，站在老沪闵路的自动提款机附近

数着一沓刚发下来的工资

在我眼里，却是另外一幕

一沓工资，在上海的街头数着一位农村妇女的寿命

老沪闵路
Old Humin Rd.
24 小

评|委|点|评

一闪而过的场景，显现出诗人心中天生的悲悯。悲悯文字，是诗人悲悯之心的流出——这是一个优秀诗人必须具备的。否则，他的诗句，就是没有灵魂和触摸不到情感的石头。

——诗人　木汀

诗的情境像纪录片里的长焦镜头。它的语言风格也带有纪录片的色彩。所见的“见”，包含了三层含义：第一个层次，当然是见闻。这见闻包含对当代现实的一个犀利的观察。第二个层次，是比见闻包含了更多隐喻的见证。一位农村妇女，在繁华的都市街头数钱，这中间的反差本身就具有了鲜明的批判性。第三个层次，是诗人从写实场景跃进到反思领域时获得的一种诗歌的见识：那在自动提款机旁被悉心点数的工资，也在另一种意义上计算着在大都市里辛勤活命的农村妇女的命运。全凭场景的精心取舍，以及富有节制的巧妙议论，这首仅有五行的短诗却揭示了令人吃惊的富于深意的现实画面。

——诗人、北京大学中文系教授　臧棣

诗歌的力量在于洞察。洞察是一种深刻的发现，发现身边一个个司空见惯的场景、事物，揭开它的表皮，重新定义。农妇数钱，多么平常的行为；可是，诗人用诗眼看破后，又是多么的惊心动魄！你在数钱，钱也在数你，这不是抖机灵，也不是简单的“悯农”，换一种观察角度之后，事物呈现出陌生化的本质来，这种本质对我们日常的活法、算法，都是一种棒喝。这次大赛中，有人写“卧谈会”，有人写等车，有人写开会，都是对日常生活的发明，而这是好的。诗歌绝不是改变词语的搭配习惯就行的，煮茶说成煮秋天，洗脚时候想女朋友写成“一盆相思”，这些都是浅表的，是抖机灵，深层在于洞察，在看到另一个世界。

——《人民日报》社会版主编　李智勇

那些使我柔软的

李瑞　贵州师范大学

所有那些使我柔软的
顺时针转动的钟表
毛发柔顺的小动物
小雪一边下一边化
薄雾笼罩时
楼下那棵小松树

以及昨夜
梦见你时到了嘴边
却又忘了说的话

评|委|点|评

现代诗似乎不像古典诗那样，讲究意象和意境。其实，意象，却像一种远古的诗歌基因，绵延至今。诗歌不是论文，不是诉诸概念、判断和推理的。诗歌也不是散文，靠完备的叙事来另造世界。诗歌是从一片又一片的感性碎片，跳跃性地搭建，搭出一个直见人心的天地。“毛发柔软的小动物”“小雪一边下一边化”“薄雾中的小松树”“梦到你却又忘了说的话”都是生活中的片段，然而这些片段背后承载着共同记忆，共同记忆统照在“使我柔软的”这个主题下，使这首诗又细微，又湿润，而且有古典美。

——《人民日报》社会版主编　李智勇

这首诗短小简洁，但有质感。

有人喜欢把诗写得繁复纠葛，把最想要说的话藏在自己以为很有诗意的词语和句子背后，常常自己把自己给遮蔽了。

这首诗从“使我柔软的”这个窄处切入，写到了顺应的，乖小的，半融的，朦胧的，最后是欲言又止的，每个都清晰可感。整首诗指向的不是闭合，而是留出开放空间，供读者去联想。

——海南大学人文传播学院教授　王小妮

关于立秋的虚构

涂然　复旦大学

这是一个明净而不确定的早晨，一天
隶属于两个季节。此类割裂的事物
充满灵性，变迁或需某种平静妥帖的仪式。

列车开进光辉城镇，成群的建筑涌向我
毫无深意。明光桥、批文、咖啡、钟表
都与自己焦灼的体温达成共识。

京城的秩序观，故宫里的茶话。在醒目的圈阅中
袒露中立者的真爱。会客厅陷入沉默的吊兰
琢磨着，围城内外最高的宁静。

言语审视我又移步远去，仿佛
她预支了一场重逢，而我们各不相附。

三点四十分。在这个无法被看透的瞬间
退出季节，我是一支钓云朵的银针

决不能被第二次看见。

评委点评

是《关于立秋的虚构》，而不是《立秋赋》或《立秋辞》，这首诗从标题就告诉我们，对于“立秋”这个文化现象或节气，诗歌不再是一种围绕，而是一种重构。这种重构也不意味着革命性的除旧布新、推倒重来，而是朝向“立秋”发起一场词语锻造活动。其结果也不仅仅是为了获得某种真知或满足，使全篇文字陷入陈词滥调，而是在“立秋”这个词（推而广之，可以是任何一个与现实相参照的词）上打开一扇天窗（也可能深挖一口井），让我们直面它的多孔、凌杂、歧义和空洞，以及一切与真知和满足相忘于江湖的无意义。

嗅觉灵敏的读者可能一下子就会捕捉到，整首诗都洋溢着张枣、陈东飚译笔下的华莱士・史蒂文斯的气息，随便拾来几个诗句，都能精准摸底。比如提到“季节”，就想到《我们季候的诗歌》；比如史蒂文斯太爱用“最高”这个词了，“围城内外最高的宁静”这句，让我们自然联想到《最高虚构笔记》《内心情人的最高独白》，同时也想到《宁静平凡的一生》；还有“钓云朵的银针”，或许来自张枣译的图科夫斯基的《钓云朵的人》；再比如“京城的秩序观，故宫里的茶话”一句，也能一下子索解到史蒂文斯的《基围斯特的秩序观》和《胡恩宫殿里的茶话》。

而这里，“京城”具有它的现实感和反讽性，“明光桥”可能暴露了这一点，“成群”而“毫无深意”的建筑、“焦灼的体温”，正是21世纪的大都市之一隅、川流不息的瞬间事物之一瞥，“批文”与“钟表”都显出狰狞时代的秩序观。但与我们相邻不远的围墙之内，“故宫”却安享着另一片慢悠悠的“茶话”，跟精确刻度和争分夺秒的墙外生活大不一样，这里适合向天外天放出遐想的风筝。两句对读，此乃严整而动态的对仗，也呈现出空间上的，同时也是现代精神中的矛盾感。世界内部的割裂也从这里有所预兆，“远去”和“重逢”被安置在同一种言语里，文学想象力的崇高与现实认知力的崇高合成一体。而所谓的虚构，就促成着这种悖论式的片刻，一个不属于任何季节的“不确定”的岁时。

——诗评家、首都师范大学文学院讲师　张光昕

苹果速照

刘鹏宇　上海大学

考古课上的苹果值得一次危险的速写：
这个成熟的逃亡者击打我，
用残缺的边角分享绵延的疼痛。
在它傲慢的身体里，巨大的冬天正在分娩。
它的坚硬是一块刻满律法的大理石，
每个字母都走到了历史的终点。

从它的缺口里，我感到了形式的亲切：
光线如迷，却顽固成
始终等待初学者发掘的头骨。
它沉默，无衷于人们漫想的挑剔，
拒绝拙劣的透视，在熄灯后
才回归自己永生般的独处[①]。

① 朱朱《伤感的提问》："如一族的长辈，习惯了永生般的独处。"

评|委|点|评

这一首诗技艺成熟，功力独到，富有反讽性张力。它写的不是一般的苹果，而是“考古课上的苹果”，是某种更坚固的化石般的存在，更能对我们提出挑战。作者不仅富有诗的想象力，而且每一笔都能见出他的深刻感受。“在它傲慢的身体里，巨大的冬天正在分娩”，这一句非同寻常，读来令人一振。结尾处借用了他人的诗句，却也恰到好处。

——诗人、诗歌评论家　王家新

《苹果速照》是一首结构坚实、富有哲学意味的诗，它貌似一首咏物诗，实际上在我看来，它揭示的是人与物、存在与语言、艺术与创作之间的关系。作者聚焦于“苹果”，以考古学家的专注去观察这个“傲慢”“坚硬”的“成熟”之物，努力勘破这个象征着“历史之终结”的谜，并从其“缺口”中发现了它的沉默与孤独的本质。“苹果”是一个隐喻，在被书写的过程中，作为词的“苹果”逐渐脱离了存在的捆绑，进入了语言自身的寂静之中。

——诗人　梁雪波

消逝：绿皮 2667

卢修远　澳大利亚莫纳什大学

我知道你看到的

是秋天的正面，

冷杉，雪松，车窗外倒退的白桦林

夜幕下行色匆匆的齐齐哈尔站

大兴安岭深处辽阔的加格达奇

连贯的山峦银河璀璨

风起时，初雪降临

你知道我怀念的

是冬天的背面，

绿皮，煤炭，车厢尽头的暖水瓶

霓虹散落空空旷旷的图强站

缓慢靠近国境的额尔古纳河

中断的铁轨大雪纷飞

雪止后，北斗孤清

评委点评

友人坐绿皮火车离去，相互的思念，还有古诗中常见的类比思维与彼此感应，时间与空间的有情化。

——华东师范大学中文系教授、图书馆馆长　胡晓明

琴　声

安文宣　西北师范大学

一段琴声是叩不开密码锁的
这正如
阳光猜不透砌进石墙的灵魂

布谷鸟叫醒麦子的时候
生锈的镰刀想起城市的天空
长满空旷和荒芜

有人在镜中藏了天上的云
叹息落满雨后的窗户

清醒胜过啤酒
芦苇忠于野风
我关上门
夹碎了一段琴声

失落的村庄

郝炜思　大连理工大学

眯着眼，以一个漫长的姿态
坐成老槐树下最后一块石头。
他磕一磕烟斗，
碰撞出整个村庄虚弱的回声。
时间在眼角铺展成一条大河，
封锁起干涸的记忆。
他不分昼夜地昏睡，
同着背后无人问津的村庄。
梦里夜夜月圆，
故人还没被时光烧成一把一把的灰。
他敲一敲烟斗，
就跌落漫山遍野的星星。

评|委|点|评

这首诗在短小的篇幅中，富于或隐或显的种种对比：梦与现实、死寂与星光（同样磕烟斗的两个不同结果）、大河与干涸、昏睡与梦境、死灰与月圆，自然而精确，没有多余的词语。所有的偶对，都聚集为老人这样一个雕塑般的意象。老人与村庄，二而实一，凝结为空洞化的农村意象，这正是今日中国农村破败的象征。形神兼备，虚实互涵，真是一首有思想又有艺术品质的好诗。

——华东师范大学中文系教授、图书馆馆长　胡晓明

荣　光

周金平　牡丹江师范学院

行走的身体，

承担筛子的职责。

一边剔除泉声对危石的侵扰。

一边模仿乌云拧出体内多余的雨水。

对某物的偏爱

就是驱使一根针在另一件衣裳里落脚。

如果挨过寒冬，所有的叶子都会赶来

为一棵光秃秃的树道贺

评|委|点|评

《荣光》是一首智性之诗，有难度之诗。本年度的高校诗歌大赛有不少轻巧的“青春期”诗歌，而《荣光》却有一种成熟的语言风格，每一行都信息量极大，并且惜墨如金，或者说经过了语言的炼金术的浓缩或压缩，全诗像一个语言的金字塔，能听到意义的风声穿透了意象的空间，人与物达到了精妙的统一，凝聚了诗歌语言的“荣光”。

——诗人、作家、纪录片导演　李成恩

葬　礼

成鸿瑾　湖南铁道职业技术学院

如果有一天
我想成为葬礼里能描述你一生的人
那时的我 不会比玫瑰更衰老了
我穿上不合称的西装　掏出皱巴巴的稿子
试图理解你年轻时的诗歌　关于
溃散，雪与麦子
“白鸽越过死亡与河流　我呼吸着灵魂的蓝”

如果有一天
我希望你成为葬礼上能描述我一生的人
那时的你　或许该理解火的形成
在雨潮落　所有哀悼　的脸
你轻轻摩挲黑色的棺木
一如多年前　你写进世界的诗歌
“往事和死亡不是解脱　只是荒野燃着的火星”

评委点评

两段都是不死的精灵，永远的浪漫，自由与反抗之舞。前一段犹如宋诗里说的“不复微云滓太清，浩然风露欲三更”；后一段是加倍的写法，是古诗里说的“野火吹不尽”。

——华东师范大学中文系教授、图书馆馆长　胡晓明

十四行花

田先洪　天津工业大学

第一行　献给风信子，告诉雅辛托斯这首诗是属于你的印记
第二行　是雏菊，是我默念你的名字
第三行　用来过渡，用来谈论月桂、芦苇以及雨水
第四行　把睡莲和鸢尾排列在一起，不需要文字
第五行　歌颂爱情　以我的名义
第六行　种上向日葵，好让她靠近你
第七行　是诗的中间：两朵桔梗
第八行　我的愿望，永恒的爱，或者你
第九行　我常常把睡眠换成想你
第十行　我在酒精里生活 类似花朵在雨水里获得生机
第十一行　郁金香让我想起酒杯　郁金香是开口，酒杯是咽下

第十二行　十二有关恋人、家人　无关你

第十三行　用来转折　事情还没结束

第十四行　不是结局　我还没有死　春天还没有过去

评委点评

《十四行花》这首诗构思十分巧妙，作者把诗歌大赛要求的“不超过十四行”的限度，巧妙地化入自己的诗中，成为诗歌中突出的形式元素，并借此推动情绪的铺展，在节奏上也呈现出一种独特的效果。看似一种语言游戏，却别具趣味。另外，这首诗中所体现出的那种从容、欣快、不疾不徐的语调也十分出色，给人一种愉悦的阅读感受。

——诗人　梁雪波

内　战

周婕宇　苏州大学

一个藏匿在深夜舔舐最后一页孤独

一个抓着摇摇晃晃的笔把凯恩斯赶进笔记本里

一个从不问别人“你的世界在哪儿”

一个像镜子装满没有自己的杂

一个在嚎啕中失手戳破另一个

又在另一个崩溃前捡起父亲的白发缝补她

一个是微观经济学和宏观经济学装点的体面

千疮百孔也非要困住那些蠢蠢欲动

我有两层灵魂

一层千方百计地想和你在一起

一层支支吾吾地……不爱你

评|委|点|评

一首带有自白色彩的训诫诗。带着点幽默，诗人将青春时代的内心纠葛命名为《内战》。不要小瞧这样的自我命名，它意味着我们对内心世界的困境的一种治疗措施，更重要的，它包含着理性地看待生命的矛盾。这样的题材，弄不好的话，很容易写成对人生的窘境的大而无当的牢骚诗，但作者还算驾驭得很得体，用戏剧性的对比避免了情绪的宣泄。

——诗人、北京大学中文系教授　臧棣

信

李伟强　西华师范大学

写一封信，风来的时候，寄给你
我将这样写道
一周前，雪已经融化，裸露出六边形的骸骨
而山的背后下了一场雨水，皱褶了凋亡的树叶

然后提行，继续把沉默铺在纸上
三天前，楼外的蜡梅花开，蚂蚁搬离坍塌的葡萄架
又有一株树变成青色的炉火

后来，我会告诉你，寄养在我家的猫已经很胖
我在它的眼睛里常常预支神秘，占卜一支射日的箭

但是，我该从何说起黄昏
所有瞬息里的悲戚，和日头落下后藏匿的星星

评委点评

情诗，第一节写单纯的相思，那样痛苦。第二节写强烈的相思，那样燃烧。第三节写爱而不能忘其所爱的相思，那样绝望又那样美丽。

——华东师范大学中文系教授、图书馆馆长　胡晓明

宠　物

胡子旭　黑龙江大学

应该让孩子从小养宠物
让他较早体验他所爱的死去
然后再给他买一只
让他学会遗忘
让他知道自己
一生要照顾的生命
一个接一个
像随机的走马灯
最后一刻的闪耀
先前的怀念
都白费功夫

评|委|点|评

这可能是本届令我印象比较深刻也很喜欢的一首诗。通过养宠物来进行某种生活的自我教育，固然有些残忍，但这也许恰恰是某种生活的真相。当你认清了生活的某种本质是“白费工夫”，而仍然去选择“爱”和“照顾”，也是一种承担。

——诗人　流马

你喜欢我耳朵上的风吗

徐麦瑞　中南财经政法大学

梦见突然长高，每分每秒都在一毫米一毫米地长
后来长到可以一个跨步就从我的城市来到你的城市
你不可思议地看着我，可我甚至看不清你的表情
小心翼翼地将你从脚边捡起放在手心
“要不你坐在我耳朵里吧”
还没反应过来的你已经被捏起放进耳朵
你晃着脚轻轻地敲着我的耳垂
像当初我坐在单车后座一样漫不经心
我移了移脚
兴奋的声音从很远的地方传来
“你耳朵上的风真大！”
我笑着不说话，将别在耳后的头发拨了一些下来盖在耳朵上
后来你枕着头发和风睡着了
我却醒了

评委点评

这是童话般美丽的情诗。从曾经“坐在单车后座的漫不经心”，到现在的梦中，“我”拨发垂耳为君避风，表现了作者用情逐渐深入。爱，是多用耳朵的倾听，是捡在手心的温柔，是默默的付出。所以“我”的付出成全了你的安睡，却让“我”从与君相见的梦中醒来。诗歌真幻相融，一派天真，有温馨灵秀之美感。而“你耳朵上的风真大”，也不禁令人想起宋人诗句：“莫将宋玉心中事，吹向潘郎鬓畔来。”

——华东师范大学中文系教授、图书馆馆长　胡晓明

回乡记

李宁　山西能源学院

墙角的柿子树又矮去半截，
在故乡这道加法题中，我仅习惯了减法
减掉黄昏的喜鹊，黎明的雨
现在，只剩下了母亲

我小的肩膀，越来越感到故乡的重量
我将行走千万里山河
用另一种减法，向自己下手
而我终将只剩一个名字，或者什么也不剩

评|委|点|评

该诗关于故乡和自我的加减法令人印象深刻。这类构思易流于乖巧，但作者有着他真实和痛切的人生感受作为支撑。另外，作者也能从具体的经验出发，如诗一开始的“墙角的柿子树又矮去半截”，到了第三四句，不仅有动人的具体意象，也以“只剩下了母亲”道出了我们人生最根本的东西。诗的第二节也很不错，不仅和上一节相贯穿，也拓开了生命的和这首诗的空间，最后一句看上去“飘”了起来，却又隐含了至深至痛的感受，呼应了也加深了全诗的主题。

——诗人、诗歌评论家　王家新

回乡偶书

袁兵　华南师范大学

一千条路通向同一个弓着背的村庄。

通向同一眼方方的水井。村口的老树
应是枝盘根，一如鸡鸭昂首踱步

多年以前，我从牛背上走出，上了大学
如今。高铁已通。故乡愈发难回。

长路。在风中快速奔跑，不知不觉
月亮蜷缩成一道伤疤。

评|委|点|评

首先，以月亮来写乡愁，是汉民族最经典的文学手法，这本不是什么高明的事。其次，对一种在观念上非常本质化的乡村进行书写，也是一种非常陈旧的抒情方式。这首诗同时触及了这两个问题。然而它比较高明的地方在于，对乡村的书写勾连着抒情主体的当代经验，“高铁已通。故乡愈发难回”句便是点睛之笔，它为我们带来一个有趣的悖论，现代速度所提供的回乡之便利，却恰好取消了返乡的可能性，这句诗前面所铺叙的乡村经验，在“高铁”的速度之下沦为了消逝之物，存在的切近已遥不可及。由此而来，月亮便不再是古典式的忧愁，而是现代式的伤痕。诗人以月亮提示了我们一种当代性的烛照：乡愁不再是忧愁，而更是一种伤痕。

——中国人民大学博士研究生　李海鹏

关于林芝我从来也不曾抟

张家铭　西北师范大学

在林芝机场我遇见一个女人
我们饶有兴趣地探讨终点问题
“为什么你的衣裳上山谷吹着山风”
“因为这个夏天的日照比阴影更冷”
我向她解释“抟”这个字
“就是塑料袋被旋转着吹向天堂”
如果你也愿跟我坐在下午的林芝机场
可以看见，那些停滞了的流逝如何上升
好像古战场烧尽的麦田
那些生活，是如何使死景成为琥珀
而我如何用利刃刺穿眼前幻象
或者如何流泪，像山谷回声一样

石　头

张宇　首都师范大学

最近，村子里的人总是发疯，在我
砍柴、烧水的时候。有人坐在房顶上
念着杜撰的名字，和夜晚
发生冲突
有时候，人们还谩骂一块
愚钝的石头

连我也被传染
父辈种过：樱桃树、石榴树、桃树、葡萄藤
土里埋过狗，田鼠一样的猫
可我总感觉，还埋过什么人
我着凉了，就拿把竹竿，把那些杜撰的果实
挨个敲下来

评委点评

《石头》里读到了愚昧、谎言和荒诞的历史，甚至是现实。关键词是“杜撰的果实”。以后的孩子所看到的父辈的历史，都是浮在面上的，如同诗里说的“樱桃树”、埋在土里的狗和猫，我们或许还会怀疑一下“土里总埋着人”，虽然未必有勇气“把那些杜撰的果实，挨个敲下来”。但以后的孩子，是否连这点怀疑都产生不了了？而“石头”就像沉默的历史真相，任由人们如何折腾，“果实”如何生灭，石头其实总是在那里，亘古不变的。诗境又紧凑又生发，又荒诞又真实，又直白又隐晦，具有藏利刃于玩具的高妙。

——华东师范大学中文系教授、图书馆馆长　胡晓明

土　命

李啸洋　北京师范大学

父亲说，土是他这辈子的命
牛耕过的田，鞭子说过的话，是祖宗立的约

父亲说的土，是牛受伤的腿
任由蝇虻叮来咬去，可还得把
生活的犁，往前拉。牛的眼睛不说话
血跟肉，在皮上抖

父亲说的土，是刚推完磨的吴大爷
把谷糠和麸皮扛起来。卸下的腰和膀子
在小腿上一颤一颤
父亲说的命，是七十岁还得扛好生活

父亲说的土，是没漆的棺材

没吹鼓匠，没穿寿衣，装进薄木匣就打发了

父亲说的命，是黑夜咽不完的泪

评|委|点|评

《土命》在本年度高校诗歌大赛稿件中有特别不一样之处：第一，此诗是有话要说，不是无话找话；第二，是说实话，每一句都是实话，实到如电报，字字沉重。诗回到“土命”，就回到了生活，诗直面生死，就有了灵魂，诗朴素如土的灵魂。

——诗人、作家、纪录片导演　李成恩

母　亲

卢正发　云南工程职业学院

我的母亲

曾是凉山最妩媚的女人

火塘边的她身轻如燕

河畔背水的她

有本事把山路背直

把山背轻

有本事把自己背成一把椅子

生命之水坐着

子女坐着

有本事把笑声盛得满满

让自己的男人醉得不省人事

评委点评

诗，是一门语言的艺术。判断一首诗的好坏，首先看它“艺术化”的程度有多高。读这首《母亲》，让我想起很多西方后现代派油画，把人抽象后，变成一把椅子，或者只在画面中画一把意味深长的空椅子。

“河畔背水的她 / 有本事把山路背直 / 把山背轻”，这种艺术化的手法，也是当代中国诗人惯用的手法，作者运用得已经相当成熟。本诗贵在作者另辟蹊径，再次脑洞大开，把母亲想象成一把椅子，“生命之水坐着 / 子女坐着”，其实就是母亲把子女背在背上，或搂在怀里，不仅展现出一种慈祥、奉献的形象，还代表生命的延续。“椅子”这一意象，层层叠加和递进，不断深入，竟然衍变出一种形式的美。

更为重要的是结尾，作者没有归纳中心思想，没有刻意炫技追求美声，而是写道：“有本事把笑声盛得满满 / 让自己的男人醉得不省人事”，非常自然，幽默，透亮。意大利作家卡尔维诺在美国哈佛大学开讲座时，第一个主题谈的是“轻逸”。我认为，写诗作文，往“艰难困苦，苦大仇深”里写，很容易；但把“艰难困苦”写得“轻逸”，又不失深刻，却不容易。

——诗人　孟醒石

二　姐

朱普东　河海大学

有将近一半的日子

她被困在代号里：

孩他妈或老朱屋头的

年近五十，说不清衰老、病痛和丧失

身份，哪一个更为致命

可日子还是得照常过

譬如洗衣、择菜、看《还珠格格》

譬如闲聊，跟一面失语的镜子

谈论菜市场漫天要价的商贩

谈论电视里的养生谣言和儿女的婚事

总是谈着谈着，就沉默……

有时，她也提起过去

方圆几里的村子

人人都叫她一声二姐

评|委|点|评

《二姐》这首诗描写的是一个生活在底层的“小人物”，她甚至连名字都被人忽略了，只留下一个代号式的称呼——“二姐”。这就是生活的真实，平淡而沉重，日常而琐细，在片段中凸显了近乎一生的经历。诗的语言朴素，但耐咀嚼，有一个较大的空间，读来发人深思。

——诗人、翻译家、评论家 汪剑钊

归　家

包文丽　中国计量大学

一瓣蒜在和半块土豆窃窃私语

米饭里传来鸭蛋黄的呼噜

窗外落下雨

一把伞打开门走远了

屋里的油盐酱醋开始跳舞

沙发电视和几个花盆也开始跳舞

两个人踩着水的节奏也是跳舞

嘎吱——

四只拖鞋开始走动

厨房响起煲汤的咕嘟咕嘟声

雾气模糊了窗户

评|委|点|评

现代诗之所以先锋，就是因为其具有一定的实验性。实验性非常重要，没有实验性，也就没有新鲜感，也就不会出现“开先河”的杰作。读这首《归家》，让我想到角度与构图。在美国动画片《猫和老鼠》中，人类经常只剩下半截腿或两只脚，因为动画片是以猫和老鼠的视角进行构图的。

同样，这首《归家》也有动画片的效果和童话般的美感。但这首《归家》写得并不成功，尤其是“两个人踩着水的节奏也是跳舞”这一句，显得多余，应该删掉。删掉之后，会形成国画留白的效果，虽然人没有出现，但已经通过“四只拖鞋开始走动”说明了一切。

角度与构图真的非常重要。譬如王家卫导演拍摄的电影《花样年华》，电影画面中，女主人公苏丽珍是完整的，但她的丈夫只有局部，连正脸都没有。留白，也就加大了想象的空间。写作同样如此。留白，不仅加大了想象空间，还强化了形式的美感。

——诗人　孟醒石

一　代

于雅萱　中央民族大学

维系我们的是活着时第一次冒险：

一些偶然成为往后衰老的病因。

在某种古老的、象形的感召之下

我们诞生成无数时间的节点

随即我们散落如失翼的鸟群。

我们在无可期待中隐含期待，

在热浪里发冷、潮水里发汗。

我们是最适宜的温度，最残酷的秋日之死。

在果实甜蜜的征兆里

每一场迁徙都是跌坠的讯息。

我们是历史的症候。

在这些沉默的铁桥中间，九月的命运争相飞渡——

那时间的波流，也必须由时间

一刀斩断。

评|委|点|评

这首诗让我想起顾城那首《一代人》，作者和顾城一样掌握了这种总体性写作的秘诀，而且运用得非常纯熟。这样的诗有时候是有待于正在进行的时代本来来解读的。如果说顾城的《一代人》是一种总结，这一首或者可以看作一种预言。

——诗人　流马

土　豆

李益　重庆商务职业学院

现在，我对一窝土豆的嫉妒
比在海阔天空这个词里抓寻一种命运
更执着。一辈子
做一个怎么洗都洗不掉本色的土豆
多好。一辈子
不用长好看的枝叶
也不用担心开不出好看的花

一辈子，在低处就可以安静地认领了生活

评委点评

这首诗是反“成功学”的，写得像土豆一样质朴，却令人读后难忘。对人类现实，对生命，诗在某种程度上都代表了不可能，代表了“否”的一端。如果别的学科说的是“是”的话，诗就是那个“否”。它排除了一切“知”，逻辑、推理、观念，但又是全部的“知”。这类诗在大赛作品中还不多见。

——诗人、文化批评家、《凤凰周刊》主笔　叶匡政

光的足音

王宇琪　上海外国语大学

在玫瑰如禁令的年代，人们更长久地持有灌满自己内部的可能。在絮语中被抛弃的缠绕出一根灯芯的上升。而我只能向上望，因为此处，我们恐惧自己，甚于任何事物。

呼吸内科

蔡易林　上海交通大学

“直吞半湖冷水，我的口中有一场欲降的大雪。”
我从没有过，吞咽一种毛刺的幻想，站在
后事边缘，流水垒砌成喉中吊摆。
消炎药与白酒掺混，冰冷的透视片
带来撕裂的污染，他们声音洁净，目光油腻。
我试图寻找负片里的炎症，或许恰巧抵达的
温和，也使我不再拖拽两侧，成年的凹陷
这是我最后一次，为空腔赋予雨意，积结的阵痛
悉数折腰。在潮湿中雾化，所有奔离的舌被空气送达。
然后向更深的虚弱潜涉，我无法在下一个说辞送达前
倾听单面的回响，私语被切成断章，望耳欲穿。
底稿，倒立在生活遗弃的猎场，一只误入的鸟
陡峭地发声。如同将清甜的朗诵揉皱，再摊平。
睡意反射前，我在体内搭建一座诊室，用人间
治疗人间，然后咽下所有耀眼的破碎。

图书馆

赵鉴　苏州大学

语言的砖块筑建成一座大厦
图书馆有无数缄默的口
那些徘徊在书架周围的老虎
包围我，舔舐我，进入我
我拥有了这些老虎
拥有是相互的事情
这些老虎凭借我离开那些死的魂灵
在外游荡一周后又回去

老　农

刘鑫宇　电子科技大学

你永远无法把一个老农从他的土地上连根拔起

你甚至无法磨去他手掌的黄茧，填平他脚掌的裂痕

他老了，他靠在皂荚树下睡了

他眯着眼，夕阳把他黝黑的脸照得通红

锄子倒在泥里，几只麻雀停在上面

秋风，吹过他苍白的发，吹出一脸喜悦

这份喜悦，无关收获，无关进城的子女，无关未来

他终于站了起来，布衫里装满了风，还有泥土

麻雀惊起，衔走了一粒粒饱满的谷子

他拿起锄子，消失在绯红色的光芒里

只留下几个一深一浅的脚印

昨天走得太快，没带上他

今天来得太急

他跟不上

遗　忘

简卫杰　南宁师范大学

“我们在所有帝王里寻找你 / 我们在所有智者里寻找你”——荣格

我在风的吟唱中将你遗忘
我在对圣人的祷告中将你遗忘
在嘈杂声中昏昏欲睡
反复无序的梦和反复的遗忘

我在目睹一串清晰可辨的影像中将你遗忘
所有的语言都成为遗忘的阻力
坚固的记忆、牢不可破的时间之网与聒噪的夏合力
将我击垮

遗忘成了一条剪不断的虚线

我不能从上面走过，反而它无孔不入

截断众流的使命艰巨

我在潺潺的忘忧之水中流淌

我不要活成一座碑

旱点水　清华大学

有一座碑

它规整、光滑，像一座碑的样子

人们用半秒的余闲夸它

是一座好碑

它以前是块石头，驳杂、尖锐

人们说要做碑 做块好碑

于是它匆忙风霜日晒

茫然而疲惫地

面目模糊

人们来来去去

它充填着世界的嘈杂荒芜

一天它正斥着块石头要做碑 做块好碑

隐约记起

自己曾是块石头

秘　密

马子贺　华北电力大学科技学院

每次看完中国地图

我的眼泪都向一个地方流

摔下床铺，也有月光指引方向

溜进土壤，询问青涩或老朽的

植物花果，询问有关根的问题

可是它们的根都紧紧挨着自己

无法想象千里之外的延续

只好赠送眼泪一个秘密

中国地图上哪有什么

水系江河、交通线路、地点名称

那些都是密集的血脉、呼唤回家的咒语、炊烟的结晶

外　公

陈紫婵　湖南城市学院

阳春三月

花儿都开了

那外公

你什么时候

发芽呢

钉子钉在爱情里

陶玉帅　新乡医学院

在我的胫骨里，藏着一枚棱角分明的钉子

那是骨折的遗腹子。也是爱情氧化分离的替罪品

多么幼稚，为了一个长睫毛的姑娘

我从爬满绿色植被的窗口跳下来，嘴里甚至没有一块

口香糖甜腻的缓冲。父亲不止一次地告诫我

“娶一个听话的媳妇，这样

西伯利亚寒流就不会整天缠着你打狗屁的麻将”

在酒后，他曾饱受痛风刁钻的打磨。

以前，我凶猛地相信爱情，相信月光

会碎成白色的温柔。现在，钉子沉默地钉在骨头里

用钝痛，提醒我花呗最晚的还款日期。

每天早上，我都带着钉子去看东风桥头奇形怪状的雾霾

内心蒸馏水般平静。我从不怀疑爱情的到来

只不过有些时候是钉子的模样，有些时候则是受难的骨头

我　们

李颖　北京外国语大学

你是白衣蓝衫的水手
每个港口都有情人
我是偷窃落日的大盗
走私夜间眼泪和湿漉漉的吻。

尚未年轻过便已肿胀衰微
夕阳妩媚地坠落时多么像命运
今夜请和我分享同一颗阿司匹林
抽完最后一支烟就纵身跃入致命顽疾

“你是我先天残废的儿子
我是你尚未出世的女儿。”
（我们的墓碑如此美丽）

假　日

万川　上海大学

虚室绝尘想。——陶渊明

清空了所有街道之后，
我用一万种方法来迎接自己。
比如按时饮酒，等待日落
在每个早晨任由胡须率意生长。
而我的屋子是一朵未开的花，
它四壁如云，长满昨日的影子
生活就在无限的反射中揣测平衡。
有些下午，我会走上阳台
麻雀们在肺的睡眠中跳动
如同一曲即兴奏起的交响乐。
于是，所有的事物都在空气中盘绕

灰尘也永不降临，停留在瞬间之上。

光舒展着，穿透日历上的每一天。

每一天，都清澈得像一滴诚实的水。

落下的意义

康宽鑫　韩山师范学院

一个男人模仿麻雀死亡

一群麻雀往男人落下

安静时，男人才能平静地飞越人间

一个女人借大雨飘过人间

一场大雨遗落无数女人

难过时，她才明白天空从未为她哭泣

苦痛拉长飘过的树叶

我被困在这静止的暴雨里

当我坠下时，众生寂静肃然

每个人都是浮光掠影，穿透我

我无法确认每一个即将消逝的人

当我坠下时，我才听见所有疯狂的嘶吼
窒息在这黄昏的悠长里

轻

周思博　长江大学

当我是一只鹤的时候

轻轻地碰到了须弥山

当我们造须弥山的时候

用了一些“轻”

和“柔软”

我们还用了一些“轻”

做云

又用了一些“轻”

做羽

当我是一只鹤的时候

变成了一群鹤

我们让生死疑惑地离开了

我们让风坐着睡着了

衰老也永不会来了

春天随记

张建明　太原科技大学

在这个春天
我愿意做一个不会移动的靶子
为有一种思想之箭的着落
接受阳光，接受月光
接受一支支排满风声的箭尾
接受自己将没有靶心，一身空旷

扫

张鑫　南京审计大学金审学院

我的目的是带走一万分之一个故乡
故乡想要留下一万分之一个我

年少时，故乡的扫是一个等待的动作
对谷物，对深秋的麦草
对自己身体里本义的现实主义
这些都在我最初的浪漫之内

后来故乡的扫是一个驱赶的动作
“走远一点。”母亲对我说
我被扫出一个被保护的领地
广阔无比又引我踌躇

回头，母亲用领抵着木帚

等着一万分之一个我

也在等一片叶的飘落

想念一种

葛希建　南京大学

每个夜晚都可以听见海浪的声音
足迹被冲刷 但是你知道一些人
曾在这里出现 好像一场偶然的相遇
你需要花费很多时间去追忆：
夏天牛奶的光线 酒红的石榴籽
柠檬的长裙以及屋檐下的阴凉
她或许不是风信子女孩 或者任何
浮华的辞藻 但某个时刻你忍不住去寻找
在人群中 所有的窗户都开着
直到暴风雨来临 你的悲伤具有电影的质感

匿名信

于兵　烟台大学

从水洼里打捞起植物的身躯

连同乌云、蚯蚓、淤泥

共同构成雨季的征兆

一纸无字的书信

是季风开具的证明

你叩门时

藏在袖口的象形文字散落一地

昨夜，有风注入我的屋子

墙壁上白漆片片剥落

这些又是你寄来的匿名信吗?

在唇齿间默念时

有一条河流悄悄遁入腹中

不是别的

蓝田　深圳大学

我们是两辆自行车，在路上开着
骑车的人控制着车速，稳稳地靠近

我们是两片乌云，下着
同一场雨

我们是窗台上的两棵盆栽，两条平行光
照着，感受着彼此的生长

我们是母语在两座岛屿
生下的孪生婴儿

我们是对仗工整的一句诗
被后人一起念出

旧体诗

JIU TI SHI

沁园春·镜与灯

洛柏森　北京师范大学

灯尔何能，似此神通，望远显微。更悬天照影，山精魄散，聚光生焰，海舰灰飞。日正衣冠，时勤拂拭，史鉴传名舍予谁。堪笑汝，恃区区爝火，亦敢争辉。

镜兄尚请深思，作蛮触纷争欲曷为。若鸾栖峻坂，君才合展，犀燃潜渚，我用方宜。景德传书，惠能遗咏，色相还休执着之。今道破，趁奁开蕊剪，且尽盟杯。

评委点评

理至浓而不失词味，考上上。此境绝不易到，稍偏即入俳优。

——诗人　徐晋如

诗词作品艺术审美的重要范畴之一是重“趣”，故“情趣、理趣、谐趣”往往成为衡量诗词作品创新程度和水平高下的重要标准。这首《沁园春》运用拟人化手法，通过“镜”与“灯”对话辩论的形式，展示二者功能作用各有不同，说明世间万物各有所长、无可替代，暗含做人应当心胸开阔，容人容物，不能自持所长，轻讥于人。其中富有哲理情趣，耐人品味。艺术构思及其用典方式都明显受到辛弃疾词派影响。

——上海交通大学人文学院教授　杨庆存

此首诗构思精巧，用典圆熟，流畅生动，灯与镜对答之间机锋激迸，显示了作者颇具功力。通篇语精意警而又带几分幽默，在本次大赛入选词作中独树一帜。其中“聚光生焰，海舰灰飞”，似还用古希腊阿基米德之典故，但化为文言，浑然一体，毫无乖违之感。

——古典文献学博士　和溪

粤西道中赋得旧伞

吴璜　重庆大学

结伴从村口，相携到海滨。经年行道路，赖尔障风尘。皂盖应无望，青袍稳着身。涤瑕兼补绽，归趁故山春。

评委点评

喜其不疾不徐，漫不经心。如溪水出山，向流处流，到止时止。

——诗人　高昌

得体稳称。

——诗人　徐晋如

南歌子·答寒食友

刘博　河北农业大学

梅子青盈眼，杨花白若涛。化鹏来覆大江潮。与备一生知己、每推曹。

酒后如堪忆，松前不可凋。剡川无雪莫相招。毕竟隔他春水、两三篙。

赠友·其一

温作鼎　安徽大学

欣闻捷报度龙门，
一拭青衫旧泪痕。
春尚如斯宜策马，
乐难有此速开樽。
沧江碧海谁吾与，
高义危言赖汝存。
来日关山成契阔，
曾期中夜舞刘琨。

评|委|点|评

欢乐之情不易抒写。本诗浅白亲切，一片真挚。几个常见典故用得也自然随和，切景切事，比较得体。

——诗人　高昌

书生哀乐过人，知己交情可感。颔联工稳。

——南开大学文学院副教授　汪梦川

喜出望外啊！喜形于色毫不掩饰，甚至故意夸张，青春豪气逼人，天真可爱。

——中山大学古代文学教授　张海鸥

书丘逢甲诗后·其二

王博　复旦大学

望里烟波去路斜，蓬莱云气故相加。
没涛苍兕沦蕃部，入贡黄犀过汉家。
渐觉歔吹能作市，宁知攒聚不如沙。
夜来鲛浦潮初落，萧瑟人间芦荻花。

评|委|点|评

感慨集于中二联，颈联尤精警。沧海有句：“那有仙山楼阁在，剧怜左股割蓬莱”；“海中故部沉苍兕，云里残旌失素蜺”；“黄犀入贡非今日，白马驮经异昔时”；“鮀浦潮来天漠漠，鸥汀帆去雨冥冥”；“西风一夜芦花雪，鮀浦秋痕上客衫”；此诗化用较多，然一读即见沧海，移易他人不得，亦是一法。“过”字不稳。

——南昌大学教授　段晓华

格律圆熟，笔力沉雄，致敬沧海而情味略似，若出斫轮老手，沧海有灵，当含笑矣。此诗吾推第一。

——南开大学文学院副教授　汪梦川

题师大校园野猫

裘江　上海师范大学

辗转泮宫门，蹉跎朽木根。
老皮堪冷暖，浊眼变晨昏。
足向廊檐跛，声从雨雪吞。
犹能驱鼠辈，不肯近王孙。

评|委|点|评

前六蓄势，结联转折。张力饱满，无一懈笔。

——南昌大学教授　段晓华

新正杂感

凌天明　中山大学

童心壮志两堪悲。百感樽前可语谁。世事又随啼鸩换，春风仍向故园吹。惯为濩落江湖客，忍诵缠绵己亥诗。欲乞梅花供醉眼，罗浮万里湿云垂。

评 | 委 | 点 | 评

感慨百端出文字之外。行路难，行路难，落拓书生当同声一哭，非独定盦先生为然。

——南开大学文学院副教授　汪梦川

无限悲慨尽在不言中。

——诗人　徐晋如

这首诗笔力沉稳，句意流畅，情感深厚，寄托着苍凉的身世之感。起句直入主题，以“悲”字总领全诗，“可语谁”流露出孤独寂寥之感。颔联流畅，又在一联内部形成对比，“啼鴂”与“春风”一悲情一乐景，“又随”“仍向”在语气上构成反差。颈联直抒胸臆，“忍诵”句以龚自珍自比，作者以江湖客之身份想到龚定盦及其己亥诗。“濩落”与“缠绵”，以联绵词相对，工整巧妙有味道。尾联“梅花”“罗浮”前文缺乏铺垫，有点跳跃。结句“万里湿云垂”与首联“悲”相呼应，岭南气候潮湿，湿云既是实写，也是作者愁情之隐喻，万里湿云渲染出愁之浓烈绵厚。整首诗句式灵活，用词考究，可谓佳作。

——文学博士　彭敏哲

家 居

刘逸潇潇　芝加哥大学

纷乱阳台尘，驱向门前道。
自乏巧工技，处置皆颠倒。
岂无机器人，毛刷为批捣。
小屋多蛮触，往来成潦草。
我心凌冰霜，意岂在洒扫。
把彗长咨嗟，吟成与谁讨。
人世有樊笼，家居亦何好。
拳拳伤物役，辛苦使人老。

评|委|点|评

小懒一枚，颇契我心，想起学生时代。中涵天真趣，物我各无赖。“我心凌冰霜”，别有高大上。喜其文脉通达，格致典雅纯净。感事伤时，透明透亮，苏世独立。

——诗人　高昌

今之和陶诗也。

——诗人　徐晋如

俗而不卑，轻而不琐，自是元白家数。“蛮触”二字，可为解颐。

——文学博士、北京大学中文系古代室助理教授　张一南

之盱眙取麦田土，拔麦数十棵，弃诸道旁，意有不忍，赋此章以赠之

徐鹏霄　佐治亚理工学院

翠散金销莫惜身，千年君我各为尘。

共来江海横流世，相见蓬蒿大笑人。

云畔山形高破月，望中烟色冷伤神。

岁华一瞬玄黄里，从此锋芒且自珍。

评委点评

首联笑中含痛，颔联工巧不俗，颈联力道稍微弱了些，而尤喜尾联，森然棱角，戛戛有声，颇见境界。

——诗人　高昌

颔联绝佳。结亦深到。

——诗人　徐晋如

寒　日

景闻博　北京大学

仓惶不敢计归期，残岁于今剩几时。
为客久耽都下梦，登楼渐失腹中诗。
云看苍犬风吹急，寒镇童山日上迟。
如此乾坤极萧飒，立锥一雀在髡枝。

评|委|点|评

点赞结尾两句，苍凉宏阔，有疼痛感。

——诗人　高昌

入心之言，其臭如兰。

——诗人　徐晋如

水调歌头·与盛元春日小聚

李昊宸　华中师范大学

我住大江北，呼客品江声。与君楼上闲坐，斜日照江澄。漫看群山走马，赖此鲈鱼佐酒，风起忆莼羹。犄牾生涯里，尝试与鸥盟。

千古恨，来与往，在围城。笑今江左人物，历历削锋棱。怜我浮沉容易，据我情怀多少，何日赋鹏程。回首长天外，初月带潮生。

评委点评

一气呵成，不俗的襟抱，大嗓门的笔墨。读来淋漓酣畅，非常过瘾。“漫看群山走马”豪气逼人，“笑今江左人物，历历削锋棱”虎虎生风。

——诗人　高昌

流畅自然，虽然用了许多典故和古代生活意象，但每一句每一个意象都是现实生活之可能，也是作者和朋友的真实情怀，豪迈中不乏历史沧桑之感、人生惆怅之意，激情荡漾，不轻浮也不虚妄，青春气息扑面而来。

——中山大学古代文学教授　张海鸥

八声甘州·灵谷寺流萤

孔玲玲　南京大学

漾岚烟似水，湛银潢，荧荧洒寒星。耀黄茅霜隙，青萍风末，楚岸江城。扇底秋心乍起，屑屑玉尘腥。零落夕筵侧，低趁蛩声。

隋苑当年倦客，更流离山海，遥夜醒醒。向苍岩灵谷，双眼为谁青。烬余灰，婆娑酣舞，等枯荣，千亿散蘋汀。他生取，灵犀一点，幽意能凭。

秋狝

景闻博　北京大学

清嘉庆帝遵祖制，行木兰秋狝，而国乱纷仍，群臣掣肘，且围场鹿只甚少，每以为恨。二十五年秋七月，巡幸木兰，崩于行宫。归葬昌陵。

无复君王猎一围。鼎湖魂远欲安归。素餐世胄麟谁泣，黄草中原鹿竟稀。九阙已闻遗诏下，廿年行见海尘飞。空场剩有斜阳在，红染昌陵梓内衣。

夜归值雨书所感

邹丹娜　中山大学

苍茫春气已乘除，剩有凉恩满太虚。
犹自存之肠内热，岂相忘者辙中鱼。
寄身江海成孤往，过眼风雷付一书。
人与微灯同阒寂，蓦然蝉响意何如。

天仙子·中秋

黄锦晖　上海财经大学

八月清宵凉似水，桂花香上窗棂子。稚儿不解惜团圆，低案几，剥糖纸。白月溶溶长若此。

评|委|点|评

十分美妙的小词。清凉的秋宵，在桂花香里老小团圆，岁月静好，这种意境人人喜爱。这首词妙在聚焦一点反映全局的镜头语言：“稚儿不解惜团圆，低案几，剥糖纸。”把“稚儿”的行为和心理着重描写，比写如何阖家团圆其乐融融要高明多了，读者自然而然会从冰山一角联想到水面下的部分。

这首词最耐人寻味的是结句，“白月溶溶长若此”。月有阴晴圆缺，不可能“长若此”。这句话是当下美好心境的反映，又可以看作一种祝福和祈祷，若再进一步，又可以生发出“白月不长若此”的感慨。所谓乐而不淫、哀而不伤，说的就是这种句子。

——青年诗人　李四维

喜其纯粹和本色。动人之句不需多。如此淡淡，本是生涯。寥寥几笔，绘出幸福的模样。零抒情，其实也是最抒情。

——诗人　高昌

鹧鸪天·秋晚的时空定格

李俊儒　北京交通大学

似水深蓝浸晚空，回廊倩影胜初逢。
满城灯火人如豆，一点冰霜月染瞳。
桌后语，课前钟：金风吹起忆千重。
迷离百转时空里，她在春街细雨中。

长亭怨慢

周永　湖南科技学院

戊戌年八月十三日，雨后游黔阳古城，沿相思湖下，沅、潕二水乃汇于此。暮色渐成，凌波照眼，凉风拂面。徘徊有此作，效朱彊村体。

记多少愁边鸥鹭。归棹来时，却惊飞去。远浦黄昏，数家烟色冷如许。晚蝉凄切，更唱断，相思句。唤起涉江人，总不是、年时吟侣。

何处。甚湘云不渡，隔断江南秋雨。青娥去后，应曾厌、广寒宫宇。想当日、儿女灯前，定难忘、别离情绪。恁山外斜阳，只与凉云为伍。

鹧鸪天·感前言有酬非尘

童泳洋　中山大学

已道春归不自怜。关山遗梦到身前。明波夜月同歌哭，载雪溪槎独往还。

浑欲寄，转忘言。人间何幸识清颜。寸心未死棠花黯，一夕东风剧可燃。

消　夏

陈麦歧　四川大学

浮沉瓜李且加餐，半晌炎光鼓腹看。
倚槛坐怜荷气润，啼枝倏觉鸟声干。
几回闲想人千里，众树争擎月一丸。
最喜松风如有意，归来吹起簟纹寒。

落叶诗

吴雨辰　南昌大学

金风嫚袅下林塘，褪碧辞朱梦一场。共负寥天警寒露，各持微命待斜阳。

前身化化坠无迹，后土生生归有方。肯羡春条轻折去，也签书页检秋光。

《列子·天瑞》：不生者能生生，不化者能化化。

评|委|点|评

哲思深情，曷可多得。

——诗人　徐晋如

收检秋光于书页，迴出新意，一扫千古落叶衰飒之气。颔联境界深阔，寓意厚重。颈联出以议论，字面用《列子》，却含定盦“化作春泥更护花”之深情。

——南昌大学教授　段晓华

咏聂政

黄莹　上海交通大学

临淄狗屠者，久作游侠儿。朝起畅兕觥，暮来紫骝驰。一诺倾肝胆，仗剑蹈艰危。

慷慨死知己，何用百金为。驱马韩相府，戈钺横参差。炯然敢睥睨，白虹走蛟螭。

玉砌污颈血，十步皆伏尸。皮面剖热肠，杀身不足悲。曝骸泥涂间，勇名莫知之。

阿姊哭南市，彰弟豪义垂。蒙恩酬死生，死生无相移。由来寸心同，何论位高卑。

营营惜微命，壮怀见诮嗤。一怒惊王侯，秦后有阿谁。哀哉凭古意，中夜发幽思。

酹酒拭寒刃，悲歌涕淋漓。

评|委|点|评

从侠士性情说起，直陈白虹贯日事。惊天义举，遂生感慨。义正词严，不枝不蔓，纵横捭阖，畅快淋漓。通篇呈现着正能量，阳刚之气。这在当代大学生诗词中是不多见的。诗词之为精者，气格也，侠义之气，家国之气，正气也。气之本情也。作者首先要对所陈之事充满感情，欲打动别人先打动自己。个性美是在充分体现共性美的基础上才得以充分体现的。这是真正的真善美。那些在古文堆里挖掘出来的离情别恋的婉约之美，阴柔之美是相形见绌的。

——诗人　李葆国

八声甘州·将别金陵归蜀

肖旭　成都中医药大学

自岷峨万里放舟来，片时促帆归。叹经年风物，殊乡人事，习已相随。缱绻东南形胜，策杖晚方回。趁夜灯如海，独上高台。

不啻江城斜月，算牵肠应有，菊脑芹丝。试抟酥叠翠，小箸破香齑。谢当时、酒朋诗侣；遣芳樽、一笑解颦眉。销凝处，渐春风老，吹下蔷薇。

晓发呈恩师高先生

束昱　华东政法大学

杳杳寒鸦啼旧林，高城回首远雷喑。
残云横亘山河曙，星火漫摇天地阴。
万里风开征雁翼，一杯酒壮少年心。
曾经霜雪知多少，又见春晖感不禁。

评|委|点|评

一份朴素真挚的师生之情，表达得熨帖和融，有新意，不生硬。选取了一个晓发的特定感情空间，捕捉到一种独到的表现视角。气象宏阔，境界幽远，起承转合得也自然灵动，不见痕迹。最后两句霜雪春晖，让我忽然想起我给边国政老师写过的四句诗：“千万寒心一热心，茫茫人海幸识君。少年得月门墙列，惠我熏风暖至今。”感同身受，所以读这首七律就有着一份特别的共鸣和感动。

——诗人　高昌

忆 昔

陈林　耶鲁大学

忆昔年少日，庭闹犹壮龄。
市朝教识字，携我出东城。
喧卑乃如此，颇识鸟兽名。
日夕暗归履，长楸广且平。
焉知二十年，母已不能行。
家父闲养蚕，桑树五枯荣。
春蚕握盈手，桑叶何青青。
还似童稚时，拊我畜我情。
吾生诚梦幻，岁月使人惊。

玉楼春

张松嵩　泰州学院

风生远寺钟疏宕，十二楼台春树响。飞花已越海山回，历世三千方一晌。

积香成国苍灵往，早判哀鸿鸦鬓上。轻衫年少去何多，久住人间销艳想。

白桃花

旧时燕　华东师范大学

祁寒消却渐回春，姑射冰姿化此身。
崔护门前新素面，刘郎衣上旧红尘。
倾城倾国成何益，如雪如云认未真。
一自沩山空色相，扁舟无复武陵人。

评|委|点|评

起承转合一气呵成，中二联对仗不拘而工，尾联尤有情味有境界。

——南开大学文学院副教授　汪梦川

此诗总体看气息流畅生动，用典多而不乱，尤其能切合所咏对象。白桃花与一般咏桃花不同，必定要突出“白”字。诗中“姑射冰姿”“素面”“雪云”“空色相”等词语都是因此而施。其中颔联用崔护、刘郎之熟典而又尚能写出新意，是全诗亮点。尾联一用志勤和尚沩山桃花悟道之典，一用陶渊明《桃花源记》故事，相映成趣。此诗的缺点在于部分词句稍显熟套。

——厦门大学人文学院博士后　和溪

金缕曲·雪天离别赠云峰

夏启龙　海南大学

望望晶窗白。聚焦间，镜头虚影，潇湘空寂。深邃雪人双眸里，浮现精灵秘密。把幻想，扮装真实。纯洁时光回溯见，小男孩，脚步无声息。轻闯入，梦之国。

欢游眨眼成过客。话分离，怅听风语，拉长车笛。流畅线条延天际，交汇生涯轨迹。已跨越，无穷昨日。或在平行空间里，驶来时，故事将重述。君与我，正初识。

评委点评

以现代的词汇、名物等写入传统诗词，是大家都会玩的把戏。但是真的能体现今人独有的趣味，为古旧的艺术形式增加新的景观，十分难得。

这首词节奏极好。开头不疾不徐，展开设定，将读者带入童话的图景中。过片顺理成章，“拉长车笛”引起下文。“流畅线条延天际，交汇生涯轨迹。已跨越，无穷昨日。或在平行空间里，驶来时，故事将重述。”这几句算是这首交响曲最精彩的高潮部分。“昨日”“平行空间”等抽象的概念，却靠着交汇的铁轨在人脑中产生了奇妙的具象。结尾“君与我，正初识”，也是恰到好处，犹如乐章收尾，稳稳落在主音上。

这首词的优秀，不在于用了火车这种新事物、平行空间这种新概念，而在于写出了被影视、动画作品调动起来的前人不曾有的想象。影视、动画是现代人的文化环境，在这个环境下，作者的想象和读者的共鸣，为古典诗词增添了前所未有的胜景。

——青年诗人　李四维

水龙吟·埙

高琦　乐山师范学院

苍崖吹下天风，为我一击秋山碧。蓝烟浣月，红鱼踏藻，青蛩咽息。腕底苔生，怀中玉老，微愁滴沥。纵折入幽冥，更谁呼起，黄花细、寒云窄。

荒古山阿悄立。觑人间、飘摇万色。潜渊探蜃，垂衣问鹤，几多黑白。空梦华胥，漫聆山水，掌中相得。自灵修别后，春心片片，翻成岑寂。

评|委|点|评

要眇宜修，无处不佳；虚实相生，季宋家法。真如张乐咸池。

——文学博士、北京大学中文系古代室助理教授　张一南

奇气纵横，光怪陆离。

——诗人　徐晋如

岁暮至旧居见院中花圃凋敝
昔时艺圃之邻翁前日已逝感作

沈戈晖　北京大学

湖海飘蓬近十霜。尔时踪迹自难忘。春风繁艳供幽赏，腊雪荒庭覆夕阳。举目谁非远行客，关心且过永思堂。儿童相见岂相识，故我今吾如对望。

雪

乔艺　上海师范大学

岂是人间物，原来世外花。
因风随聚散，带雨任回斜。
吹梦三千里，牵愁十万家。
自君之出矣，何处不天涯。

评|委|点|评

这是人类眼中的雪，心中的雪，忧郁的雪，优雅的雪，是有生命体征和情怀意蕴的雪。流畅自然无须解释，次第渐进入情入理。首句欠安，应是“此际人间物”吧，则“原来”就更有着落，逻辑更紧凑。

——中山大学古代文学教授　张海鸥

沁园春·题于概率论活动结束后

张浩帆　西北工业大学

云水漂游，天涯客久，既狂且颠。把青衫湿尽，落红扫去，江州座上，崔九堂前。旧约无凭，书生有恨，只剩桃花似去年。人间世，向红裙索醉，做个词仙。

今宵灯火阑珊。把尘世浮沉付酒边。叹相逢一笑，岂如春梦，霓裳再听，胜似参禅。我迹成云，君仍如玉，闲了瑶筝五十弦。孤窗下，看寒花半放，各自无言。

评|委|点|评

题目比较专业，但词中情怀却无专业之隔。“既狂且颠。把青衫湿尽，落红扫去……向红裙索醉，做个词仙。今宵灯火阑珊。把尘世浮沉付酒边。”多好的大学生涯！激情洋溢，流畅潇洒，郁郁乎文，悠悠乎道，把青春写得无限斑斓。后两韵潜入情怀，味深意远，“我迹成云，君仍如玉……寒花半放，各自无言”。有惆怅也有期待。

——中山大学古代文学教授　张海鸥

用一个亮眼的新鲜题目，加之深湛的功力和娴熟的技巧，加之典雅古奥的辞藻，加之温润婉约的生活细节，加之一往情深的真挚表情，从而成功叙写了一段无可言说的不好意思，和沁透骨髓的理科牌的青春惆怅。

——诗人　高昌

有风吹过深夜的港湾

张容与　东京工业大学

星影支离如死灰，荒钟响彻海之隈。
春灯怅望行人迹，迷蝶流连野火堆。
楼角但闻风黯澹，花前剩有我徘徊。
浮生旧事难回首，滴落飞光在酒杯。

夜　念

魏珞宁　北京大学

向人眸子尚多青。学道学诗俱不经。第几断魂销证迹，一般空岁拟飘萍。渐生艳想尘根梦，起照灯窗海底星。坐久孤欢成忘世，可能绮念尽凋零。

年度诗人

NIAN DU SHI REN

李啸洋

李啸洋，笔名从安，80后，山西右玉人。电影学博士，“南京市青春文学人才计划”签约作家。撰写的剧本、小说、散文、评论等见于《中国作家》《花城》《华夏散文》《中外军事影视》等，诗歌作品刊载于《诗刊》《星星》《中国诗歌》《延河》《青春》《解放军文艺》《椰城》等，诗歌有《上茫篇》《石头经》《临帖记》《锁》，诗评有《物与辞：新诗的语言秩序与美学哗变》《废墟美学与记忆拓片：“针线”与“雕花”的故园辞》《青年之力：新古典诗的当代传承》等。

雪　国

黄夜，虚静

花朵和兽角埋在禅下。

雪轻轻落下，不叫醒人间的秘密

白色藏起村落，藏起

童年与水晶。

时令大雪，高原僧人以雪沐身

大雪中蒙古人的羔羊降生

昨夜，雪掩覆时间的灰袍

梦境压断松枝，白雀飞掠

寺庙立于茫茫中

山水来信

雪宽容万物。水隐入佛经
枯成万片偈语。唤醒一窗月色
梅花一枝喜过一枝
谷雨绿，柳枝新。
白马驮着公子归来
种半阕词牌，点峨眉，染烟罗
花朵显烈。铜镜里夜色凉薄
浣纱人涉过溪水，莺声满地
香桃木，醉芙蓉。小青绿酌洒微雨
酿十里春风，拓印一匹白鹿。
烟山炽盛。竹宣沙沙作响
女子从墨中苏醒，青衫笼罩月色
夜晚把宁静搁在一朵昙花上
秀才醉卧画边，把山水散养在线装宋词里

推荐语

李啸洋在用自己的诗歌写作，定义了我们通常所说中国新诗——现代诗。在麦克卢汉描述的“电子村”时代下的碎片化的语境下，作为中国传统文化和汉语语言艺术的重要表达体，现代诗无疑成为众矢之的和被诟病的重镇。李啸洋以他的诗的从容和自信，为现代诗的突围，提供了一种可能，一个方向。

——诗人　木汀

从安的诗有古意，他探身传统，再从传统中汲取自己所需的养料，从而建构自己的写作，这是一种有根的写作，有自觉写作方向的写作。身为中国人，倘不能从古典中国承续香火，必然有所欠缺。推荐从安诗作，其意也在此。

——作家网编辑、诗人、作家　安琪

彭　杰

彭杰，20岁，1999年生于安徽六安，现就读于安徽大学。14岁习诗，作品先后在《诗刊》《星星》《诗歌月刊》《江南诗》等刊物发表，其中在《江南诗》上作为头条发表。曾获光华诗歌奖、樱花诗歌奖、国际诗酒大会银奖等奖项，参加星星大学生夏令营、十月诗会等活动。

密　林

从这里进入，灌木向四方伸展
修剪星辰的余声。场景跨过
重力的起伏，像花丛的反光
戒备着，永夜般充斥彼此的凹槽。

忽略到处的迹象，昆虫的音质
布满灰色裂隙，迎着下坡风
伸展脖颈，对抗林木蔓延的斜角。
如环顾家庭的展览，被取出截面

鸟群分配色彩，避免即将的丧失。
积水在视野中不断刷新，战栗着
等待雨水腾空地板[①]，每个到来的脚印
都包含无法妥协的对抗，从上空

倾听彼此夜晚的泥泞。我们也曾

凝聚，而后属于树丛间逐渐消失的

动作。想到万物的不平均，催促着空气

穿过厅堂，铜铃般的迟疑，你水银的署名。

积　雪

雪融化，进入墙壁内部的裂隙
我们都清楚发生了什么。床边
雏菊的阴影松垂，展露出暴力
而疲惫的多面体。这些大医院

充满辗转的走廊，和门的紧闭
形成事实的迟到。执意于它的系统
鸟鸣青苔般在低空中互相催促，传输
嗅觉闭塞的镇定剂。沿着乔木的分歧

阔叶展开瓷器的声响。万物
向顶端汇聚，交还各自的引力。
像打开的窗户，积水的名字这样清晰，
从屋顶收回脚印。而你先于我们撤离。

推荐语

彭杰的诗语言优美典雅，富于汉语的古典美，在汉语性与现代性的结合上做出了很有个性的尝试，这展现了他的才华与抱负。另外，他是位对于诗歌的内在空间建构与营造方面极富匠心的诗人，以他擅长书写的“水”为例，“水”在他的诗里往往并非以随物赋形、无孔不入的面貌示人，而是被诗人建造出了别样的造型。这样的匠心，使得他的诗歌在诗境方面往往别出心裁，或者说，他的诗学，在某种意义上是一种“营造法式”，流动之物也往往有定型的瞬间。

——中国人民大学博士研究生　李海鹏

中国诗歌从来都是在冲击和更替中不断发展的，彭杰显然已经意识到那些潜在又属于诗作者自身内心的冲击和更替的力量，一旦被掘起，必须作用和表现在诗的文本之中。不断更迭阅读对象的实验，无疑使他的写作具备从各个视阈去观察和重新思考司空见惯事物和生命的能力；这样，每一个视域的观察和重新思考，都将是取之不尽的诗意之源。

——中国诗歌学会会长助理兼副秘书长　木汀

康承佳

康承佳，90后重庆山城姑娘，毕业于武汉大学，现供职于武汉某国企。曾获第三十六届全国大学生樱花诗歌邀请赛特等奖、青春文学“最佳青春诗歌奖”“珞珈诗派年度诗人”等奖项，曾参加中国星星第十一届大学生诗歌夏令营，作品偶有发表，散见于《诗刊》《扬子江》《草堂》等。

祭　祖

还有什么值得我们去反驳
八月，荷花已经完成了
最后的盛放。即使黄昏开始走向薄凉
但仍旧收留乞丐和流浪猫

城市化进程加快后
村子反向坐落成孤岛
老狗沉默温顺，有些寂寥
像是被遗弃的老人

祖母还是不肯随父亲离开
她要守着祖祖辈辈杂草丛生的矮坟
在给祖父上香的时候
看到她的手都已经瘦成了枯藤

坟头盘旋着迷路的麻雀

撞开夕阳最后虚幻的光晕

祭台旁桉树的黄叶，在此刻

突然有了归心

方　言

你唇齿间蹩脚的语调
有整个部落受难的记忆
我带着远古的祖训出走
凭借乡音，识得故人

给母亲打电话
又一次被方言包围，久远的
西南官话，回应着
深夜四川盆地的叹息

终有一天还是要回去
带着远古华夏北国的嗓音
以及腹中的孩子
在深秋，教她方言呢喃发音
一一辨认

推荐语

康承佳的诗里有方言有血液有玉米有荷花有烟火。读书能使我们明达，但也可能给人附上无形的羁绊，不知觉地就想要深奥再深奥，而忽略了最接近你自己的那些更本初更个人更鲜活的感受，那才是诗的。康承佳在诗里植入了她个人的切肤的痛感，所以显得格外有体温。

——海南大学人文传播学院教授　王小妮

在众多的大学生诗歌中，康承佳写作上的成熟是令人瞩目的，她似乎已建立了一个自己的词汇库，同时领会了简约的艺术，这尤其表现在她书写中所展露的克制能力，在诗情的绽放之后适度地收束，从而让诗的意绪得以储藏，等待读者的发现和吸收。必须承认，这组诗缠绕着浓厚的乡愁，它们并不一味地伤感，反而显示了逆境中“活下去的力量”。

——诗人、翻译家、评论家　汪剑钊

钟皓楠

钟皓楠，1995 年生于北京，本科毕业于南京大学德语系，现于上海外国语大学德语系攻读硕士学位。2017 年获得“千纤草”全国女子诗歌大赛主奖，曾在《诗刊》《钟山》《作品》《青春》等刊物发表作品 20 余篇。

高山之羊

今年的晚杏花将以它的亮白敲响午时之钟
脆如海洋之青铜，你注视这山间的神灵
同高山之羊跪拜穿过它们的石塔
但你看得太久了，你的石头获得了解析

危险的钙化物与山神的一块趾骨
盐水不能勾销，但羊群吃每一粒骨灰
并摇晃须髯长成石间唯一的稻谷
你煮腥膻的玉米须，漫山遍野零落不绝

或节省井中的水。日落之前还有六天
赶羊群上山，越过唯一的枯树
或静静保持不动。这夏天有充足的水源

自从雪融就有许多瀑布浇灌

高山之羊穿行的瓦砾。你想为它哭泣，抚摸

这痛苦的动物，把头抵上它微小的羊角

风　筝

你像一根诡谲的绳索牵引并辘辘轧响
轻如惹火的灯笼，你想要
比所有闪光的纸架飞得还要高
水平线上阳光滑落，今晚
便像一列脸谱的风筝一一释放
九张如出一辙的脸，这夜间的太阳
也在冷箭丛中死掉了许多个自己
并回溯它们的栗冽，如何在你掌中
断却了最后一丝气息，将脸贴上
雨涿的石狮啊。有人手握床单便可飞天
你则需要穿过许多树桩，反复割绞
你纤细的线，摩挲你水涨船高
的脚掌。这蓄势待发的慢性死亡
说它是花也超越了常理。而今晚地板
慢慢倾斜，敞向细密的沱滂

推荐语

钟皓楠的诗歌有着强烈的抒情色彩，其诗中的叙述和想象也作为辅助元素服务于内心的悲悯和同情。世界是光明与黑暗既相互对立又相互依赖的存在，其残酷的生存环境与温暖的爱意常常集合在一起而呈现于每个人的眼底。人是上帝的羔羊，被置于高山之上，牧者偶或疏于照料和管理，遂出现了一定的混乱。于是，诗人捡拾其中的一些碎片，以诗歌去追求和谐之境。

——诗人、翻译家、评论家　汪剑钊

钟皓楠的诗非常吸引人，很容易诱使读者陷入诗的氛围之中。首先，她的诗在文本上呈现出极佳的复杂性，将庞大且往往异质性的词汇系统有秩序、有目的地编制成有效的文本形式，这展现了她的良好技艺与语言能力。其次，正因为庞大的词汇在她的文本中调度有方，复杂但不会堕入混乱，而是保持着准确与动人，而且因其复杂，而呈现出绚丽的语言风姿。最后，她的诗富有隐喻意味和神话学色彩，但是，这并未指向修辞空转与言之无物，而是有力地寄寓着诗人的现实关怀，进而昭示了诗人将关怀提升为诗的能力，而并非借着关怀来掩饰自己诗艺的匮乏。

——中国人民大学博士研究生　李海鹏

周金平

纳兰，本名周金平，80后，中国作家协会会员，牡丹江师范学院文学院2018级文艺学硕士研究生在读。出版有诗集《执念》《水带恩光》《纸上音阶》，待出版批评文集《批评之道》。获延安文学奖·诗歌奖，2019年9月获“青春中国”大学生诗歌联赛评委会创意写作单项奖。2018年参加第十八届全国散文诗笔会、第十一届星星夏令营，2019年参加诗刊社第三十五届青春诗会。

诗的锻造

在锈开始吞噬铁的时候，

词开始腐蚀我的经验和情感

当词开始返青，我拥有复活的感受力和星空的想象力。

谁携带着启示和法雨在人间奔走

谁活得像佛。

我从一个外在的宇宙潜入一个内心宇宙而生活

像是从清净进入了清净之地。

我脱离田字格、指指点点的食指、五指山、缰绳，

我用我的经验赎回那些被典当的

溪水和暮色。

我在青云和翠竹里体味心外无物

也在古槐和黄花中区分物性和佛性

在某个瞬间，

诗平息了词语的风暴。

灵魂的显影液

写诗度过糟糕的日子

就是从深林的当铺里赎回松鼠、野兔和陷阱。

一个人穷得只剩下信仰

还有珍爱的香柏树，膏油，光，盐。

扔出去的漂流瓶不会变成折返的

回旋镖。

真正的诗是一滴灵魂的显影液

照见你涂改过的足迹。

推荐语

作为新一代学院诗人，纳兰的诗写出了新的气象。最难得的，他的抒情方式没有落入学院写作中常见的俗套。他善于从当代文化生活的场域里提取新的语感和新的节奏，努力从新的角度去展现日常生活中的平凡景象。诗风硬朗，语言富有新意，将诗人对人和事的体察写得富有生气。

——诗人、北京大学中文系教授　臧棣

每一个诗作者，最初都陶醉和满足于诗歌写作所带来的种种愉快、喜悦，但周金平例外。周金平是在写作中发现诗学和诗学的重要性，他对诗学的觉悟，使诗歌从此摆脱烦冗、累赘以及陈词滥调的语言文字，又绝无“理性”之硬伤。

——中国诗歌协会会长助理兼副秘书长　木汀

洛柏森

洛柏森，乙亥生人，本贯天津塘沽，现就读于北京师范大学汉语言文字学专业。曾获北京市大学生人文知识竞赛一等奖，华北五省大学生人文知识竞赛一等奖，“聂绀弩杯”大学生中华诗词邀请赛二等奖，第三届全球华语大学生短诗大赛旧诗三等奖。曾参加河北卫视《中华好诗词》大学季。创立旧体诗词社团“才社”。

抵京口占

车骑如流每逐云，燕南赵北客纷纷。衣冠未足居中国，拜起何劳事大君。筑百尺楼堪避世，市千金骨岂谋勋。归来鬓共尘埃老，漫听时人说旧闻。

对月有怀

䲢蛇失德罹诛罚，造物弗仁加斧钺。轮囷星石下高旻，觳觫生灵皆可杀。

海沟已葬沧龙骨，天罅犹悬白垩月。等闲二亿五千秋，欲作挽歌弹古铗。

推荐语

今日诗坛大言改革者，每就入声、诗韵等发难，洛君所言“诗韵与时音不合并非近世诗道幽微之因”，得是说论。盖以今范古，其理已谬；而避难就易，尤为下士不长进之行耳，其为诗可以想见。洛君又云：“余意今日之致力于诗者，除古人诗作、诗论为必读外，尚可增务二学，以为辅翼。”拈出“学”字，足医今诗之通病。

——南开大学文学院副教授　汪梦川

诗能感发意志、陶冶性情、启迪智慧，而深厚扎实的“诗外功夫”是创作的基础。洛柏森同学《沁园春·镜与灯》取材于普通生活情景，采用对话形式、拟人手法，寓理于识，发人深省，构思巧妙，体现出很好的思想性与艺术性。其《诗与诗人之学》反映着对诗歌创作的正确认识，也触及诗歌创作的规律。

——上海交通大学人文学院院长、教授，

中国宋代文学研究会理事　杨庆存

刘孟奇

刘孟奇，四川泸州人，槑社、岷社社员，词喜厉樊榭，性孤僻，爱山水。

曾获首届润物真茶杯词部优秀奖、第二届润物真茶杯词部二等奖、第二届润物真茶杯诗部三等奖、万载2018烟花诗词网络创作大赛三等奖、如醒堂迎春诗赛词部前五名、第三届海岳杯词部前十名、第四届海岳杯词部第一名。

齐天乐·己亥重登泰山

十年前事随云变，青青岱宗无恙。舄凤声成，笻龙梦醒，飞蹑丹梯千丈。天门渐朗。揽齐鲁河山，尽归微掌。带砺盟寒，倩谁重辟太初象。

崖边老松欲语，劝人都莫问，封禅遗想。蚀土秦碑，侵苔汉简，一例空嗟尘涨。临风怅惘。怕蒿里歌中，万魂来往。忽有仙音，碧霞宫外响。

寿楼春·清明

乘芳期携樽。踏熏风十里，来酹游魂。漫见迷阶烟影，蚀碑苔痕。千万事，何堪论。任剑光、孤悬松坟。渐堕泪疑鹃，飞灰幻蝶，狐兔卧黄昏。

音和貌，长封存。剩青燐点点，红雨纷纷。怪底浮生皆梦，梦还如真。吾有患，君无身。甚薤蒿、泠然愁人。但怀故归迟，依稀笑语烘好春。

推荐语

赞同、欣赏作者的诗歌理念：将“古典情怀”与“当下意识”完美结合。词心沉敏，词笔刚柔兼济，语感甚好，是为难得。尤擅长调，能得诸调之体气，宛转灵矫。假以时日，必臻上境。

——南昌大学教授 段晓华

填词难在词调当行，中调以上犹然。当行而能入神则更佳。此君庶几能为。而尤擅开篇与过片。如“十年前事随云变，青青岱宗无恙。”“崖边老松欲语，劝人都莫问，封禅遗想。”“趁微风斜月作幽行，侵晓霁华新。怅孤山此度，亭空鹤梦，树失梅魂。”皆可称妙语。厉樊榭《百字令》，常人何敢次韵，此君次韵而能佳。

——香港浸会大学中文系副研究员 张晓伟

沈戈晖

沈戈晖，字纯昀，常用网名“绝梁孤客”，河南洛阳人，1993年5月出生，现为北京大学信息科学技术学院博士研究生。文史爱好者。自进入大学起开始学习诗词写作。曾长期担任北京大学北社理事长，亦为中国铭社副社长。曾获中山大学第十届蒹葭杯诗词邀请赛诗组亚军、2015全球华语大学生短诗大赛旧体诗词类一等奖及年度诗人称号、第十届中华大学生研究生诗词大赛研究生诗组优秀奖与词组冠军、2017全球华语大学生短诗大赛旧体诗词类三等奖及年度诗人称号、中山大学第十一届蒹葭杯诗词邀请赛诗组季军、第十一届中华大学生研究生诗词大赛研究生诗组优秀奖等。曾代表北京大学参加河北卫视《中华好诗词》大学季“恰同学少年”节目录制并获团体冠军。诗词作品发表于《爽籁》《诗潮》《诗词中国》《中华诗词》等刊物，并入选《当代律诗钞》《海内外当代诗词选》《90后诗词选》。

与轩湖逯斋游陶然亭公园分韵得亭字

一囿能兼百十亭。水光明瑟岸围青。寺经丧乱说崇替，地近沧浪思醉醒。竹下朋欢初计好，宣南古事尽消零。晚荷欲共蒹葭老，小立风前为记听。

谒何公栗纪念亭

一水周亭径未遥。虚堂独叩感萧寥。传看碑上心如激，风起波间泪欲潮。正气无歌能凛凛，梦华有录总摇摇。灵光剩数浮屠在，管领沧桑若六朝。

推|荐|语

“创新”与“守旧”是今日诗坛聚讼纷纭的大话题。沈君自言：“我认为诗词创作必须坚守诗词语言自身的特色，而不应以创新或与时俱进的口号去破坏它。”“我们当然要守旧，但这个旧更多指的是诗词从起源至今所确立并发展的艺术规律，从最基本的平水韵和格律，到以上所谈到的语言系统，深入一点还包括意象、典故的内在意蕴等。”可谓有识。

——南开大学文学院副教授　汪梦川

沈戈晖的作品很好地体现了他的诗歌理念：守其旧，创其新。七律为其擅长，句法尤见成熟稳健，风格峭拔沉郁，得古而不泥古。

——南昌大学教授　段晓华

景闻博

景闻博，1998 年生，山东烟台人。曾任北京大学北社社长。曾获第十一届蒹葭杯诗部第一、2019 沧浪杯诗部第一、第三届全球华语短诗大赛旧诗三等奖、2019 中华大学生研究生诗词大赛诗部优秀奖等奖项。

深 秋

太息浮龄去不回。大衢秋气抱城来。人间难定长安局，马骨全荒北地台。万木狂风翻向背，孤峦夕照下淹徊。寒心如落漩涡底，欲拾当年未死灰。

题李义山诗集

铁网流苏掩痛酸。花深始觉泪汍澜。如三生影斯须灭，听一楼钟亘古寒。白雪迷身骓永诀，碧城回首凤曾欢。人间代有无情客，争作矜才獭祭看。

推荐语

北大“景神”，以学为诗，法度森严，涵养不失活泼，运斤成风，是一代校园诗人的代表。

——北京大学中文系古代史助理教授、

中华诗词教学会理事　张一南

吴　璜

吴璜，1996年10月生，安徽桐城人，重庆大学环境科学与工程专业2018级硕士研究生，曾获2019中华大学生研究生诗词大赛研究生组优秀奖、第四届海岳杯诗部第一。

周五下班等车

放衙如遇赦，至此又淹回。红日悠然下，公车不肯来。轻身常羡鸟，空腹欲生雷。遥想深冬夜，满城灯火催。

食鲫鱼

犹记十载前，腊月征人归。老屋换桃符，欢聚意何其。
门前丈许塘，倒映青琉璃。叔伯动逸兴，斩竹悬钓丝。
顷刻鲫十尾，急呼作午炊。张筵如布阵，大母善指挥。
诸姑亦老将，巧手能施为。后厨备刀俎，小圃摘葱葵。
堂表三兄弟，是时俱童儿。争坐灶口旁，柴火伸颈吹。
迟迟鱼未熟，纷纷涎已垂。默数知凡几，方及上桌时。
金鳞翻红浪，青椒映白瓷。合家围大母，喜气盈眼眉。
最怜幺孙女，剔刺喂食之。饭饱叙交契，席上传酒卮。
不饮人亦醉，醒来知我谁。异乡秋雨夜，卧听鸣虫悲。

推荐语

今日骚坛喧嚣已甚，吴生乃能“独学”，所谓不因人热，其是之谓欤！古云学须为己，诗亦自家事耳，于涵泳之间塑造人格，岂汲汲于小圈子之名哉，是“无友”亦何妨！生自云以拟古入门，则其取径亦甚正，假以时日当见其成。

——南开大学文学院副教授　汪梦川

作者说自己学诗六年，观其作品却老成质朴，深得古人韵味，可见摹古之深。只有沉心静气，好古守正，才能含英咀华，出入古今。作者感慨：“于我而言，最大的收获还是对人格的塑造。旧体诗本就是我国古代文化中最为精华的一部分，无论是古谣谚、诗骚、乐府、汉魏六朝诗，还是隋唐以后的五七言律诗，都蕴含着历代前贤高超的美学修养和独特的精神面貌，只要日夕讽玩，自然能够思接古人，如风偃草，收到开阔胸襟、涵养性情之效。”这正是千千万万爱诗人的共鸣。

——古典文献学博士、厦门大学人文学院博士后　和溪

附录

FU

LU

附录 I　组织架构

指导单位： 教育部思政司

中国作家协会《诗刊》社

中华诗词学会

中国诗歌学会

中国青少年新媒体协会

主　　办： 上海交通大学

承　　办： 上海交通大学博闻研微网络文化工作室

协　　办： 为你读诗

战略支持

新浪微博

腾讯微视

特别鸣谢：

公众号： “理想岛”“读首诗再睡觉”

微　博： “学术大观察”

上海交通大学白岩诗社

上海交大国学社

附录Ⅱ　大赛评委

（均按拼音排序）

初评评委

新　诗

陈　菡　南开大学文学院 2017 级汉语言文字学博士生

陈　瑶　中南财经政法大学新闻与文化传播学院 2016 级硕士生

杜未未　吉林大学文学院 2017 级中国现当代文学博士生

高　欣　上海大学现当代文学 2014 级文学硕士生

高彦淳　上海交通大学附属第六人民医院 医师

黄临池　浙江大学中国现当代文学专业 2018 级硕士生

蓝小鱼　90 后诗人

李　典　北京体育大学新闻与传播学院 2016 级硕士生

罗雪菲　贵州大学文学与传媒学院 2016 级文艺学硕士生

林　栋　南开大学中国现当代文学专业博士研究生

马严丽　华东师范大学文学院 2014 级文学硕士生

水　怪　90 后诗歌写作者

孙　念　青年诗人

童作焉　复旦大学国际关系与公共事务学院 2017 级硕士生

王碧燕　华东师范大学文学院 2016 级现当代文学硕士生
王二冬　90 后诗歌写作者
王方媛　上海大学悉尼工商学院 2016 级管理科学与工程硕士生
王怀昭　厦门大学中文系 2015 级现当代文学博士生
王艺彭　浙江大学建筑工程学院建筑学专业博士生在读
熊　今　山东师范大学文学院 2016 级硕士生
徐　晓　山东师范大学文学院 2015 级美学硕士生
许　莞　浙江大学法学院 2017 级本科生，浙江大学子鼠诗社社长
杨念泽　山东大学政治学与公共管理学院 2016 级博士生
杨一午　上海交通大学机械与动力学院 2015 级本科生
尹　洋　四川大学历史学基地班 2016 级本科生
张　瑶　陕西师范大学文学院 2016 级中国现当代文学硕士生
张玛丽　青年诗人
张诗梦　香港理工大学对外汉语 2017 级硕士生
张勇敢　青年诗人，厦门大学法学院 2018 级硕士
张钰钗　北京大学对外汉语教育学院 2016 级汉语国际教育硕士生
郑盈盈　浙江农林大学风景园林与建筑学院 2015 级本科生
钟　义　西华大学外国语学院 2014 级 MTI 翻译硕士生

旧体诗词

白云瑞　西北民族大学文学院 2015 级中国古代文学硕士生
采　唐　上海交通大学国学社文韵部部长

陈　路　上海师范大学人文与传播学院中国古典文献学 2017 级博士生

范云飞　清华大学历史系 2017 级博士生

龚　敏　厦门大学 2017 级古代文学博士生

郭　薇　南京大学文学院古典文献学 2016 级博士生

黄文正　武汉大学文学院 2016 级古代文学硕士生

李晓楠　南开大学文学院 2013 级古代文学硕士生

刘天宇　南京大学文学院 2017 级古代文学博士生

王　卓　上海交通大学国学社经史部副部长

夏成程　上海交通大学安泰经济与管理学院博士生

严维哲　华东师范大学中文系博士后

郑超逸　南京大学 2017 级古代文学硕士生

赵友永　华东师范大学中文系古代文学 2017 级博士生

朱学博　重庆大学人文高等研究院讲师

复评评委

新　诗

陈　陌　《生活周刊》主编、诗人

李　浩　《十月》编辑、诗人

李成恩　诗人、作家、纪录片导演

李海鹏　中国人民大学博士研究生

梁雪波　江苏凤凰文艺出版社编辑、诗人

李智勇　《人民日报》社会版主编

流　马　诗人、微信公众号“读首诗再睡觉”主编

孟醒石　诗人

秦三澎　诗人、译者、青年学者

蔌　弦　诗人

张光昕　诗评家、首都师范大学文学院讲师

周公度　诗人

旧体诗词

和　溪　古典文献学博士、厦门大学人文学院博士后

李葆国　诗人、中华诗词学会学术部副主任

李四维　青年诗人、河北卫视《中华好诗词》第一季总决赛冠军

彭敏哲　中山大学中文系副研究员

唐　玲　华东师范大学中文系副教授

辛晓娟　中国人民大学国学院教师

张晓伟　香港浸会大学中文系副研究员

张一南　北京大学中文系古代室助理教授、中华诗词教学会理事

终评评委

新　诗

安　琪　作家网编辑、诗人、作家

何言宏　文学批评家、上海交通大学人文学院教授、博士生导师

胡晓明　华东师范大学中文系教授、图书馆馆长

胡续冬　诗人、北京大学外国语学院世界文学研究所副教授、北京大学巴西文化中心副主任

李少君　一级作家、中国作家协会《诗刊》社主编

木　汀　中国诗歌学会会长助理兼副秘书长

田　原　旅日诗人、翻译家、日本城西国际大学教授

汪剑钊　诗人、翻译家、评论家

王家新　诗人、诗歌评论家

王小妮　海南大学人文传播学院教授

叶匡政　诗人、文化批评家、《凤凰周刊》主笔

臧　棣　诗人、北京大学中文系教授

旧体诗词

段晓华　南昌大学教授、江西省高校古籍整理研究委员会副主任

高　昌　诗人、《中华诗词》杂志主编、中国作协诗歌委员会委员

汪梦川　南开大学文学院副教授

徐晋如　诗人、《大学诗词写作教程》作者

杨庆存　上海交通大学人文学院院长、教授，中国宋代文学研究会理事

张海鸥　中山大学古代文学教授、博士生导师，中华诗教学会会长

钟振振　诗人，中国韵文学会会长，南京师范大学文学院教授、博士生导师

周清印　《半月谈》主编、《新华诗叶》总编辑

附录Ⅲ　大赛组委会

陈璐双　上海交通大学电子信息与电气工程学院 2018 级硕士

陈梦淼　上海交通大学电子信息与电气工程学院 2017 级硕士生

丁　洁　上海交通大学人文学院 2018 级硕士生

范　准　上海交通大学船舶海洋与建筑工程学院 2018 级博士生

高可昕　上海交通大学外国语学院 2018 级硕士生

郭芯宇　上海交通大学人文学院 2018 级硕士生

桂　阳　上海交通大学船舶海洋与建筑工程学院 2018 级硕士生

廖文静　上海交通大学电子信息与电气工程学院 2017 级硕士生

李志浩　上海交通大学电子信息与电气工程学院 2018 级硕士生

齐佳蕊　上海交通大学媒体与传播学院 2018 级硕士生

宋胜男　上海交通大学马克思主义学院 2018 级硕士生

杨　敏　上海交通大学医学院附属瑞金医院 2018 级硕士生

岳　晔　上海交通大学生命科学技术学院 2018 级硕士生

赵　娉　上海交通大学物理与天文学院 2017 级硕士生

张　叶　上海交通大学人文学院 2018 级硕士生

插画绘制

张馨月　上海工程技术大学中韩多媒体设计学院 2018 级本科生

配乐诗朗诵

陈斯盛　中国传媒大学南广学院播音主持艺术学院 2016 级本科生

付兰峰　中国传媒大学南广学院播音主持艺术学院 2016 级本科生

孙巍桐　中国传媒大学南广学院播音主持艺术学院 2016 级本科生

王　珊　中国传媒大学南广学院播音主持艺术学院 2016 级本科生

杨海鹏　中国传媒大学南广学院播音主持艺术学院 2016 级本科生

赵　毅　中国传媒大学南广学院播音主持艺术学院 2016 级本科生

赵子轩　中国传媒大学南广学院播音主持艺术学院 2016 级本科生